走近戴望舒

雨巷

戴望舒 著

广陵书社

图书在版编目（CIP）数据

雨巷 / 戴望舒著. -- 扬州 : 广陵书社, 2025. 1.
（走近戴望舒 / 陈武主编）. -- ISBN 978-7-5554-2418
-5

Ⅰ. I226

中国国家版本馆CIP数据核字第2024TA6484号

丛 书 名　走近戴望舒
主　　编　陈　武

书　　名　雨巷
著　　者　戴望舒
责任编辑　王　丽　　　　　　装帧设计　鸿儒文轩·书心瞬意
出 版 人　刘　栋

出版发行　广陵书社
　　　　　扬州市四望亭路 2-4 号　　　邮编 :225001
　　　　　http://www.yzglpub.com　　　E - mail:yzglss@163.com
印　　刷　三河市华东印刷有限公司

开　　本　787mm×1092mm　　　1/32
字　　数　110 千字
印　　张　6.5
版　　次　2025 年 1 月第 1 版
印　　次　2025 年 1 月第 1 次印刷
书　　号　ISBN 978-7-5554-2418-5
定　　价　58.00 元

目 录

御街行

满帘红雨春将老，说不尽，阳春好。问君何处是春归，何处春归遍查？一庭绿意，玉阶伫立，似觉春还早。

天涯路断蘼芜草，留不住，春去了。雨丝风片尽连天，愁思撩来多少？残莺无奈，声声啼断，与我堪同调。

载《波光》旬刊第二期，一九二三年五月二十六日

夜　坐

思吗？
思也无聊！
梦吗？
梦又魂消！
如此中秋月夜，
在我当作可怜宵。

独自对银灯，
悲思从衷起。
无奈若个人儿，
盈盈隔秋水。
亲爱的啊！
你也相忆否？

载《新上海》第二年第三期，一九二六年十二月一日

夕阳下

晚云在暮天上散锦，
溪水在残日里流金；
我瘦长的影子飘在地上，
像山间古树底寂寞的幽灵。

远山啼哭得紫了，
哀悼着白日底长终；
落叶却飞舞欢迎
幽夜底衣角，那一片清风。

荒冢里流出幽古的芬芳，
在老树枝头把蝙蝠迷上，
它们缠线琐细的私语，
在晚烟中低低地回荡。

幽夜偷偷从天末归来，
我独自还恋恋地徘徊；
在这寂莫的心间，我是
消隐了忧愁，消隐了欢快。

载《小说月报》第十九卷第十一号，一九二八年十一月

寒风中闻雀声

枯枝在寒风里悲叹，
死叶在大道上萎残；
雀儿在高唱薤露歌，
一半儿是自伤自感。

大道上是寂寞凄清，
高楼上是悄悄无声，
只有那孤零的雀儿，
伴着孤零的少年人。

寒风已吹老了树叶，
更吹老了少年的华鬓，
又复在他的愁怀里，
将一丝的温馨吹尽。

唱啊，同情的雀儿，
唱破我芬芳的梦境；
吹罢，无情的风儿，
吹罢我飘摇的微命。

　　　　　雨　巷

自家伤感

怀着热望来相见，
冀希从头细说，
偏你冷冷无言；
我只合踏着残叶
远去了，自家伤感。

希望今又成虚，
且消受终天长怨。
看风里的蜘蛛，
又可怜地飘断
这一缕零丝残绪。

载《小说月报》第十九卷第八号一九二八年八月

生　涯

泪珠儿已抛残，
只剩了悲思。
无情的百合啊，
你明丽的花枝。
你太娟好，太轻盈，
使我难吻你娇唇。

人间伴我的是孤苦，
白昼给我的是寂寥；
只有那甜甜的梦儿，
慰我在深宵：
我希望长睡沉沉，
长在那梦里温存。

可是清晨我醒来

在枕边找到了悲哀:
欢乐只是一幻梦,
孤苦却待我生挨!
我暗把泪珠哽咽,
我又生活了一天。

泪珠儿已抛残,
悲思偏无尽,
啊,我生命底慰安!
我屏营待你垂悯:
在这世间寂寂,
朝朝只有呜咽。

流浪人的夜歌

残月是已死美人，
在山头哭泣嘤嘤，
哭她细弱的魂灵。

怪枭在幽谷悲鸣，
饥狼在嘲笑声声
在那莽莽的荒坟。

此地黑暗的占领，
恐怖在统治人群，
幽夜茫茫地不明。

来到此地泪盈盈，
我是飘泊的狐身，
我要与残月同沉。

雨　巷

Fragments①

不要说爱还是恨，

这问题我不要分明：

当我们提壶痛饮时，

可先问是酸酒是芳醇？

愿她温温的眼波，

荡醒我心头的春草；

谁希望有花儿果儿？

但愿在春天里活几朝。

载《小说月报》第十九卷第八号，一九二八年八月

---

① 标题是法文，收入《望舒诗稿》时，译为《断章》。

凝泪出门

昏昏的灯，
溟溟的雨，
沉沉的未晓天；
凄凉的情绪，
将我的愁怀占住。

凄绝的寂静中，
你还酣睡未醒；
我无奈踯躅徘徊，
独自凝泪出门：
啊，我已够伤心。

清冷的街灯，
照着车儿前进；
在我的胸怀里，

雨 巷

我是失去了欢欣，
愁苦已来临。

载《璎珞》旬刊第一期，一九二六年三月

可　知

可知怎的旧时的欢乐
到回忆都变作悲哀，
在月暗灯昏的时候
重重地兜上心来，
　　啊，我的欢爱！

为了如今惟有愁和苦，
朝朝的难遣难排，
恐惧以后无欢日，
愈觉得旧时难再，
　　啊，我的欢爱！

可是只要你能爱我深，
只要你深情不改，
这今日的悲哀，

会变作来朝的欢快，

　　啊，我的欢爱！

否则悲苦难排解，

幽暗重重向我来，

我将含怨沉沉睡，

睡在那碧草青苔，

　　啊，我的欢爱！

载《璎珞》旬刊第三期，一九二六年四月

静　夜

像侵晓蔷薇底蓓蕾
含着晶耀的香露，
你盈盈地低泣，低着头，
你在我心头开了烦忧路。

你哭泣嘤嘤地不停，
我心头反复地不宁：
这烦忧是从何处生
使你坠泪，又使我伤心？

停了泪儿啊，请莫悲伤，
且把那原因细讲，
在这幽夜沉寂又微凉，
人静了，这正是时光。

载《小说月报》第十九卷第八号一九二八年八月

山 行

见了你朝霞的颜色，
便感到我落月的沉哀，
却似晓天的云片，
烦怨飘上我心来。

可是不听你啼鸟的娇音，
我就要像流水地呜咽，
却似凝露的山花，
我不禁地泪珠盈睫。

我们彳亍在微茫的山径，
让梦香吹上了征衣，
和那朝霞，和那啼鸟，
和你不尽的缠绵意。

残花的泪

寂寞的古园中，
明月照幽素，
一枝凄艳的残花
对着蝴蝶泣诉：

我的娇丽已残，
我的芳时已过，
今宵我流着香泪，
明朝会萎谢尘土。

我的旖艳与温馨，
我的生命与青春
都已为你所有，
都已为你消受尽！

你旧日的蜜意柔情，
如今已抛向何处？
看见我憔悴的颜色，
你啊，你默默无语！

你会把我孤凉地抛下，
独自蹁跹地飞去，
又飞到别枝春花上，
依依地将她恋住。

明朝晓日来时
小鸟将为我唱薤露歌；
你啊，你不会眷顾旧情
到此地来凭吊我！

载《小说月报》第十九卷第八号，一九二八年八月

十四行

微雨飘落在你披散的鬓边，
像小珠碎落在青色的海带草间，
或是死鱼漂翻在浪波上，
闪出神秘又凄切的幽光，

诱着又带着我青色的灵魂
到爱和死的王国中睡眠，
那里有金色的空气和紫色的太阳，
那里可怜的生物将欢乐的眼泪流到胸膛；

就像一只黑色的衰老的瘦猫，
在幽光中我憔悴又伸着懒腰，
流出我一切虚伪和真诚的骄傲，

然后，又跟着它踉跄在轻雾朦胧，

像淡红的酒沫飘在琥珀盅，

我将有情的眼藏在幽暗的记忆中。

载《莽原》第二卷第二十期，一九二七年十二月

不要这样盈盈地相看

不要这样盈盈地相看，
把你伤感的头儿垂倒，
静，听啊，远远地，在林里，
在死叶上的希望又醒了。

是一个昔日的希望，
它沉睡在林里已多年；
是一个缠绵烦琐的希望，
它早在遗忘里沉湮。

不要这样盈盈地相看，
把你伤感的头儿垂倒，
这一个昔日的希望，
它已被你惊醒了。

这是缠绵烦琐的希望，
如今已被你惊起了，
它又要依依地前来
将你与我烦忧。

不要这样盈盈地相看，
把你伤感的头儿垂倒，
静，听啊，远远地，从林里，
惊醒的昔日的希望来了。

载《莽原》第二卷第二期，一九二七年十二月

回了心儿吧

回了心儿吧，Ma chère ennemie，
我从今不更来无端地烦恼你。

你看我啊，你看我伤碎的心，
我惨白的脸，我哭红的眼睛！

回来啊，来一抚我伤痕，
用盈盈的微笑或轻轻的一吻。

Aime un peu！我把无主的灵魂付你：
这是我无上的愿望和最大的冀希。

回了心儿吧，我这样向你泣诉，
Un peu d'amour，pour moi，c'est déjà trop！

载《莽原》第二卷第二十期，一九二七年十二月

Spleen①

我如今已厌看蔷薇色，
一任她娇红披满枝。

心头的春花已不更开，
幽黑的烦忧已到我欢乐之梦中来。

我底唇已枯，我底眼已枯，
我呼吸着火焰，我听见幽灵低诉。

去吧，欺人的美梦，欺人的幻象，
天上的花枝，世人安能痴想！

我颓唐地在挨度这迟迟的朝夕，
我是个疲倦的人儿，我等待着安息。

载《小说月报》第十九卷第八号，一九二八年八月

---

① 标题是法文，收入《望舒诗稿》时，译为《忧郁》。

残叶之歌

男　子

你看，湿了雨珠的残叶
静静地停在枝头，
（湿了珠泪的微心
轻轻地贴在你心头。）

它踌躇着怕那微风，
吹它到缥缈的长空。

女　子

你看，那小鸟曾经恋过枝叶，
如今却要飘忽无迹。
（我底心儿和残叶一样，

你啊，忍心人，你要去他方。）

它可怜地等待着微风，
要依风去追逐爱者底行踪。

男　子

那么，你是叶儿，我是那微风，
我曾爱你在枝上，也爱你在街中。

女　子

来吧，你把你微风吹起，
我将我残叶底生命还你。

Mandoline^①

从水上飘起的，春夜的 Mandoline，
你咽怨的亡魂，孤冷又缠绵，
你在哭你的旧时情？

你徘徊到我的窗边，
寻不到昔日的芬芳，
你惆怅地哭泣到花间。

你凄婉地又重进我的纱窗，
还想寻些坠鬟的珠屑——
啊，你又失望地咽泪去他方。

你依依地又来到我耳边低泣，
啼着那颓唐哀怨之音；
然后，懒懒地，到梦水间消歇。

---

① 标题是法文，收入《望舒诗稿》时，译为《闻曼陀铃》。

雨　巷

撑着油纸伞，独自
彷徨在悠长，悠长
又寂寥的雨巷
我希望逢着
一个丁香一样地
结着愁怨的姑娘。

她是有
丁香一样的颜色，
丁香一样的芬芳，
丁香一样的忧愁，
在雨中哀怨，
哀怨又彷徨。

她彷徨在这寂寥的雨巷，
撑着油纸伞

像我一样，

像我一样地

默默彳亍着，

冷漠，凄清，又惆怅。

她静默地走近

走近，又投出

太息一般的眼光，

她飘过

像梦一般地，

像梦一般地凄婉迷茫。

像梦中飘过

一枝丁香地，

我身旁飘过这女郎；

她静默地远了，远了，

到了颓圮的篱墙，

走尽这雨巷。

在雨的哀曲里，

消了她的颜色，

散了她的芬芳，

消散了，甚至她的
太息般的眼光，
她丁香般的惆怅。

撑着油纸伞，独自
彷徨在悠长，悠长
又寂寥的雨巷，
我希望飘过
一个丁香一样地
结着愁怨的姑娘。

载《小说月报》第十九卷第八号，一九二八年八月

断　指

在一口老旧的，满积着灰尘的书橱中，
我保存着一个浸在酒精瓶中的断指；
每当无聊地去翻寻古籍的时候，
它就含愁地向我诉说一个使我悲哀的记忆。

它是被截下来的，从我一个已牺牲了的朋友底手上，
它是惨白的，枯瘦的，和我的友人一样，
时常萦系着我的，而且是很分明的，
是他将这断指交给我的时候的情景：

"为我保存着这可笑又可怜的恋爱的纪念吧，望舒，
在零落的生涯中，它是只能增加我的不幸的了。"
他的话是舒缓的，沉着的，像一个叹息，
而他的眼中似乎是含着泪水，虽然微笑是在脸上。

关于他的"可怜又可笑的爱情"我是一些也不知道。
我知道的只是他是在一个工人家庭里被捕去的，
随后是酷刑吧，随后是惨苦的牢狱吧，
随后是死刑吧，那等待着我们大家的死刑吧。

关于他"可笑又可怜的爱情"我是一些也不知道。
他从未对我谈起过，即使在喝醉了酒时；
但是我猜想这一定是一段悲哀的故事，他隐藏着，
他想使它跟着截断的手指一同被遗忘了。

这断指上还染着油墨底痕迹，
是赤色的，是可爱的，光辉的赤色的，
它很灿烂地在这截断的手指上，
正如他责备别人底懦怯的目光在我们底心头一样。

这断指常带了轻微又黏着的悲哀给我，
但是它在我又是一件很有用的珍品，
每当为了一件琐事而颓丧的时候，我会说：
"好，让我拿出那个玻璃瓶来吧。"

载《无轨列车》第一期，一九二八年十二月

古神祠前

古神祠前逝去的
暗暗的水上，
印着我多少的
思量底轻轻的脚迹，
比长脚的水蜘蛛，
更轻更快的脚迹。

从苍翠的槐树叶上，
它轻轻地跃到
饱和了古愁的钟声的水上，
它掠过涟漪，踏过荇藻，
跨着小小的，小小的
轻快的步子走。
然后，跼蹰着，
生出了翼翅……

它飞上去了，

这小小的蜉蝣，

不，是蝴蝶，它翩翩飞舞，

在芦苇间，在红蓼花上；

它高升上去了，

化作一只云雀，

把清音撒到地上……

现在它是鹏鸟了。

在浮动的白云间，

在苍茫的青天上，

它展开翼翅慢慢地，

作九万里的翱翔，

前生和来世的逍遥游。

它盘旋着，孤独地，

在迢遥的云山上，

在人间世的边际，

长久地，固执到可怜。

终于，绝望地，

它疾飞回到我心头，

在那儿忧愁地蛰伏。

载《大公报·文艺》第二九三期，一九三七年一月三十一日

我底记忆

我底记忆是忠实于我的，
忠实得甚于我最好的友人。

它存在在燃着的烟卷上，
它存在在绘着百合花的笔杆上，
它存在在破旧的粉盒上，
它存在在颓垣的木莓上，
它存在在喝了一半的酒瓶上，
在撕碎的往日的诗稿上，在压干的花片上，
在凄暗的灯上，在平静的水上，
在一切有灵魂没有灵魂的东西上，
它在到处生存着，像我在这世界一样。

它是胆小的，它怕着人们底喧嚣，
但在寂寥时，它便对我来作密切的拜访。

它底声音是低微的，
但是它底话是很长，很长，
很多，很琐碎，而且永远不肯休：
它的话是古旧的，老是讲着同样的故事，
它底音调是和谐的，老是唱着同样的曲子，
有时它还模仿着爱娇的少女底声音，
它底声音是没有气力的，
而且还夹着眼泪，夹着太息。

它底拜访是没有一定的，
在任何时间，在任何地点，
甚至当我已上床，朦胧地想睡了；
人们会说它没有礼貌，
但是我们是老朋友。

它是琐琐地永远不肯休止的，
除非我凄凄地哭了，或者沉沉地睡了；
但是我是永远不讨厌它，
因为它是忠实于我的。

载《未名》第二卷第一期，一九二九年一月

路上的小语

——给我吧，姑娘，那朵簪在你发上的
小小的青色的花，
它是会使我想起你底温柔来的。

——它是到处都可以找到的，
那边，你看，在树林下，在泉边，
而它又只会给你悲哀的记忆的。

——给我吧，姑娘，你底像花一样地燃着的，
像红宝石一般晶耀着的嘴唇，
它会给我蜜底味，酒底味。

——不，它只有青色的橄榄底味，
和未熟的苹果底味，
而且是不给说谎的孩子的。

——给我吧，姑娘，那在你衫子下的
你的火一样的，十八岁的心，
那里是盛着天青色的爱情的。

——它是我的，是不给任何人的，
除非别人愿意把他自己底真诚的
来作一个交换，永恒地。

载《无轨列车》第一期，一九二八年九月

林下的小语

走进幽暗的树林里，
人们在心头感到寒冷。
亲爱的，在心头你也感到寒冷吗？
当你在我的怀里，
而我们的唇又粘着的时候？

不要微笑，亲爱的，
啼泣一些是温柔的，
啼泣吧，亲爱的，啼泣在我的膝上，
在我的胸头，在我的颈边。
啼泣不是一个短促的欢乐。

"追随你到世界的尽头"，
你固执地这样说着吗？
你在戏谑吧！你去追平原的天风吧！

我呢，我是比天风更轻，更轻，
是你永远追随不到的。

哦，不要请求我的无用心了！
你到山上去觅珊瑚吧，
你到海底去觅花枝吧；

什么是我们的好时光的纪念吗？
在这里，亲爱的，在这里，
这沉哀，这绛色的沉哀。

夜　是

夜是清爽而温暖；
飘过的风带着青春和爱底香味，
我的头是靠在你裸着的膝上，
你想笑，而我却哭了。

温柔的是缢死在你底发上，
它是那么长，那么细，那么香，
但是我是怕着，那飘过的风
要把我们底青春带去。

我们只是被年海底波涛
挟着漂去的可怜的 épaves[①]，
不要讲古旧的 romance 和理想的梦国了，

---

① 收入《望舒草》时，译为"沉舟"。

纵然你有柔情，我有眼泪。

我是怕着：那飘过的风
已把我们底青春和别人底一同带去了；
爱呵，你起来找一下吧，
它可曾把我们底爱情带去。

载《无轨列车》第一期，一九二八年九月

独自的时候

房里曾充满过清朗的笑声，
正如花园里充满过蔷薇；
人在满积着的梦的灰尘中抽烟，
沉想着消逝了的音乐。

在心头飘来飘去的是什么啊，
像白云一样地无定，像白云一样地沉郁？
而且要对它说话也是徒然的，
正如人徒然地向白云说话一样。

幽暗的房里耀着的只有光泽的木器，
独语着的烟斗也黯然缄默，
人在尘雾的空间描摩着惨白的裸体
和烧着人的火一样的眼睛。

为自己悲哀和为别人悲哀是一样的事，
虽然自己的梦是和别人的不同的，
但是我知道今天我是流过眼泪，
而从外边，寂静是悄悄地进来。

载《未名》第一卷第八、九期，一九二八年十一月

　　　　　　　　雨　巷

秋　天

再过几日秋天是要来了，
默坐着，抽着陶器的烟斗；
我已隐隐地听见它的歌吹
从江水的船帆上。

它是在奏着管弦乐：
这个使我想起做过的好梦；
从前认它是好友是错了，
因为它带来了忧愁给我。

林间的猎角声是好听的，
在死叶上的漫步也是乐事，
但是，独身汉的心地我是很清楚的，
今天，我是没有闲雅的兴致。

我对它没有爱也没有恐惧，
我知道它所带来的东西的重量，
我是微笑着，安坐在我的窗前，
当浮云带着恐吓的口气来说：
秋天要来了，望舒先生！

载《未名》第二卷第二期，一九二九年一月

对于天的怀乡病

怀乡病，怀乡病，
这或许是一切有一张有些忧郁的脸，
一颗悲哀的心，
而且老是缄默着，
还抽着一枝烟斗的
人们的生涯吧。

怀乡病，哦，我呵，
我也许是这类人之一，
我呢，我渴望着回返
到那个天，到那个如此青的天
在那里我可以生活又死灭，
像在母亲的怀里，
一个孩子笑着和哭着一样。

我呵，我真是一个怀乡病者，

是对于天的，对于那如此青的天的，

在那里我可以安安地睡着

没有半边头风，没有不眠之夜，

没有心的一切的烦恼，

这心，它，已不是属于我的，

而有人已把它抛弃了，

像人们抛弃了敝屐一样。

载《无轨列车》第八期，一九二八年十二月

雨 巷

印　象

是飘落深谷去的
幽微的铃声吧，
是航到烟水去的
小小的渔船吧，
如果是青色的真珠；
它已堕到古井的暗水里。

林梢闪着的颓唐的残阳，
它轻轻地敛去了
跟着脸上浅浅的微笑。

从一个寂寞的地方起来的，
迢遥的，寂寞的呜咽，
又徐徐回到寂寞的地方，寂寞地。

载《现代》第一卷第一号，一九三二年五月

到我这里来

到我这里来，假如你还存在着，
全裸着，披散了你的发丝：
我将对你说那只有我们两人懂得的话。

我将对你说为什么蔷薇有金色的花瓣，
为什么你有温柔而馥郁的梦，
为什么锦葵会从我们的窗间探首进来。

人们不知道的一切我们都会深深了解，
除了我的手的颤动和你的心的奔跳；
不要怕我发着异样的光的眼睛，
向我来：你将在我的臂间找到舒适的卧榻。

可是，啊，你是不存在着了，
虽则你的记忆还使我温柔地颤动，

而我是徒然地等待着你，每一个傍晚，
在菩提树下，沉思地，抽着烟。

祭 日

今天是亡魂的祭日，
我想起了我的死去了六年的友人。
或许他已老一点了，怅惜他爱娇的妻，
他哭泣着的女儿，他剪断了的青春。

他一定是瘦了，过着飘泊的生涯，在幽冥中，
但他的忠诚的目光是永远保留着的，
而我还听到他往昔的熟稔有劲的声音，
"快乐吗，老戴？"（快乐，唔，我现在已没有了。）

他不会忘记了我：这我是很知道的，
因为他还来找我，每月一二次，在我梦里，
他老是饶舌的，虽则他已归于永恒的沉寂，
而他带着忧郁的微笑的长谈使我悲哀。

我已不知道他的妻和女儿到哪里去了，
我不敢想起她们，我甚至不敢问他，在梦里，
当然她们不会过着幸福的生涯的，
像我一样，像我们大家一样。

快乐一点吧，因为今天是亡魂的祭日；
我已为你预备了在我算是丰盛了的晚餐，
你可以找到我园里的鲜果，
和那你所嗜好的陈威士忌酒。
我们的友谊是永远地柔和的，
而我将和你谈着幽冥中的快乐和悲哀。

载《新文艺》第一卷第二号，一九二九年十月

烦 忧

说是寂寞的秋的悒郁，
说是辽远的海的怀念。
假如有人问我烦忧的原故，
我不敢说出你的名字。

我不敢说出你的名字，
假如有人问我烦忧的原故：
说是辽远的海的怀念，
说是寂寞的秋的悒郁。

载《新文艺》第一卷第四号，一九二九年十二月

百合子

百合子是怀乡病的可怜的患者，
因为她的家是在灿烂的樱花丛里的；
我们徒然有百尺的高楼和沉迷的香夜，
但温煦的阳光和朴素的木屋总常在她缅想中。

她度着寂寂的悠长的生涯，
她盈盈的眼睛茫然地望着远处；
人们说她冷漠的是错了，
因为她沉思的眼里是有着火焰。

她将使我为她而憔悴吗？
或许是的，但是谁能知道？
有时她向我微笑着，
而这忧郁的微笑使我也坠入怀乡病里。

她是冷漠的吗？不。
因为我们的眼睛是秘密地交谈着；
而她是醉一样地合上了她的眼睛的，
如果我轻轻地吻着她花一样的嘴唇。

载《新文艺》第一卷第四期，一九二九年十二月十五日

流　水

在寂寞的黄昏里，
我听见流水嘹亮的言语：

"穿过暗黑的，暗黑的林，
流到那边去！
到升出赤色的太阳的海去！

"你，被践踏的草和被弃的花，
一同去，跟着我们的流一同去。

"冲过横在路头的顽强的石，
溅起来，溅起浪花来，
从它上面冲过去！

"泻过草地，泻过绿色的草地，

没有踌躇或是休止，
把握住你的意志。

"我们是各处的水流的集体，
从山间，从乡村，
从城市的沟渠……
我们是力的力。

"决了堤防，破了闸！
阻拦我们吗？
你会看见你的毁灭……"

在一个寂寂的黄昏里，
我看见一切的流水，
在同一个方向中，
奔流到太阳的家乡去。

载《新文艺》第二卷第一号，一九三〇年三月

我们的小母亲

机械将完全地改变了，在未来的日子——
不是那可怖的汗和血的榨床，
不是驱向贫和死的恶魔的大车。
它将成为可爱的，温柔的，
而且仁慈的，我们的小母亲，
一个爱着自己的多数的孩子的，
用有力的，热爱的手臂，
紧抱着我们，抚爱着我们的
我们这一类人的小母亲。

是啊，我们将没有了恐慌，没有了憎恨，
我们将热烈地爱它，用我们多数的心。
我们不会觉得它是一个静默的铁的神秘，
在我们，它是有一颗充着慈爱的血的心的，
一个人间的孩子们的母亲。

于是，我们将劳动着，相爱着，

在我们的小母亲的怀里，

在我们的小母亲的怀里，

我们将互相了解，

更深切地互相了解……

而我们将骄傲地自庆着，

是啊，骄傲地，有一个

完全为我们的幸福操作着

慈爱地抚育着我们的小母亲，

我们的有力的铁的小母亲！

載《新文艺》第二卷第一号，一九三〇年三月

八重子

八重子是永远地忧郁着的，
我怕她会郁瘦了她的青春。
是的，我为她的健康挂虑着，
尤其是为她的沉思的眸子。

发的香味是簪着辽远的恋情，
辽远到要使人流泪；
但是要使她欢喜，我只能微笑，
只能像幸福者一样地微笑。

因为我要使她忘记她的孤寂，
忘记萦系着她的渺茫的乡思，
我要使她忘记她在走着
无尽的，寂寞的凄凉的路。

而且在她的唇上，我要为她祝福，
为我的永远忧郁着的八重子，
我愿她永远有着意中人的脸，
春花的脸，和初恋的心。

载《小说月报》第二十一卷第六号，一九三〇年九月

梦都子

——致霞村

她有太多的蜜饯的心——
在她的手上，在她的唇上；
然后跟着口红，跟着指爪，
印在老绅士的颊上，
刻在醉少年的肩上。

我们是她年轻的爸爸，诚然
但也害怕我们的女儿到怀里来撒娇，
因为在蜜饯的心以外，
她还有蜜饯的乳房，
而在撒娇之后，她还会放肆。

你的衬衣上已有了贯矢的心，

而我的指上又有了纸捻的约指，
如果我爱惜我的秀发，
那么你又该受那心愿的忤逆。

我的素描

辽远的国土的怀念者，
我，我是寂寞的生物。

假若把我自己描画出来，
那是一幅单纯的静物写生。

我是青春和衰老的集合体，
我有健康的身体和病的心。

在朋友间我有爽直的声名，
在恋爱上我是一个低能儿。

因为当一个少女开始爱我的时候，
我先就要栗然地惶恐。

我怕着温存的眼睛,
像怕初春青空的朝阳。

我是高大的,我有光辉的眼;
我用爽朗的声音恣意谈笑。

但在悒郁的时候,我是沉默的,
悒郁着,用我二十四岁的整个的心。

载《小说月报》第二十一卷第六号,一九三〇年九月

单恋者

我觉得我是在单恋着，
但是我不知道是恋着谁：
是一个在迷茫的烟水中的国土吗，
是一支在静默中零落的花吗，
是一位我记不起的陌路丽人吗？
我不知道。
我知道的是我的胸膛胀着，
而我的心悸动着，像在初恋中。

在烦倦的时候，
我常是暗黑的街头的踯躅者，
我走遍了嚣嚷的酒场，
我不想回去，好像在寻找什么。
飘来一丝媚眼或是塞满一耳腻语，
那是常有的事。

但是我会低声说：

"不是你！"然后踉跄地又走向他处。

人们称我为"夜行人"，

尽便吧，这在我是一样的；

真的，我是一个寂寞的夜行人，

而且又是一个可怜的单恋者。

载《小说月报》第二十二卷第二号，一九三一年二月

老之将至

我怕自己将慢慢地慢慢地老去，
随着那迟迟寂寂的时间，
而那每一个迟迟寂寂的时间，
是将重重地载着无量的怅惜的。

而在我坚而冷的圈椅中，在日暮，
我将看见，在我昏花的眼前
飘过那些模糊的暗淡的影子：
一片娇柔的微笑，一只纤纤的手，
几双燃着火焰的眼睛，
或是几点耀着珠光的眼泪。

是的，我将记不清楚了：
在我耳边低声软语着
"在最适当的地方放你的嘴唇"的，

是那樱花一般的樱子吗？
那是茹丽苔吗，飘着懒倦的眼
望着她已卸了的锦缎的鞋子？……
这些，我将都记不清楚了，
因为我老了。

我说，我是担忧着怕老去，
怕这些记忆凋残了，
一片一片地，像花一样，
只留着垂枯的枝条，孤独地。

载《小说月报》第二十二卷第二号，一九三一年一月

秋天的梦

迢遥的牧女的羊铃，
摇落了轻的树叶。

秋天的梦是轻的，
那是窈窕的牧女之恋。

于是我的梦是静静地来了，
但却载着沉重的昔日。

唔，现在，我有一些寒冷，
一些寒冷，和一些忧郁。

载《小说月报》第二十二卷第一号，一九三一年一月

前 夜

——一夜的纪念，呈呐鸥兄

在比志步尔启碇的前夜，
托密的衣袖变作了手帕，
她把眼泪和着唇脂拭在上面，
要为他壮行色，更加一点粉香。

明天会有太淡的烟和太淡的酒，
和磨不损的太坚固的时间，
而现在，她知道应该有怎样的忍耐：
托密已经醉了，而且疲倦得可怜。

这个的橙花香味的南方的少年，
他不知道明天只能看见天和海——
或许在"家，甜蜜的家"里他会康健些，

但是他的温柔的亲戚却要更瘦，更瘦。

我的恋人

我将对你说我的恋人，
我的恋人是一个羞涩的人，
她是羞涩的，有着桃色的脸，
桃色的嘴唇，和一颗天青色的心。

她有黑色的大眼睛，
那不敢凝看我的黑色的大眼睛——
不是不敢，那是因为她是羞涩的；
而当我依在她胸头的时候，
你可以说她的眼睛是变换了颜色，
天青的颜色，她的心的颜色。

她有纤纤的手，
它会在我烦忧的时候安抚我，
她有清朗而爱娇的声音，

雨　巷

那是只向我说着温柔的，

温柔到销熔了我的心的话的。

她是一个静娴的少女，

她知道如何爱一个爱她的人，

但是我永远不能对你说她的名字，

因为她是一个羞涩的恋人。

载《小说月报》第二十二卷第十号，一九三一年十月

村 姑

村里的姑娘静静地走着,
提着她的蚀着青苔的水桶;
溅出来的冷水滴在她的跣足上,
而她的心是在泉边的柳树下。

这姑娘会静静地走到她的旧屋去,
那在一棵百年的冬青树荫下的旧屋,
而当她想到在泉边吻她的少年,
她会微笑着,抿起了她的嘴唇。

她将走到那古旧的木屋边,
她将在那里惊散了一群在啄食的瓦雀,
她将静静地走到厨房里,
又静静地把水桶放在干刍边。

她将帮助她的母亲造饭，
而从田间回来的父亲将坐在门槛上抽烟，
她将给猪圈里的猪喂食，
又将可爱的鸡赶进它们的窠里去。

在暮色中吃晚饭的时候，
她的父亲会谈着今年的收成，
他或许会说到他的女儿的婚嫁，
而她便将羞怯地低下头去。

她的母亲或许会说她的懒惰，
（她打水的迟延便是一个好例子，）
但是她不会听到这些话，
因为她在想着那有点鲁莽的少年。

载《小说月报》第二十二卷第十号，一九三一年十月

昨　晚

我知道昨晚在我们出门的时候，

我们的房里一定有一次热闹的宴会，

那些常被我的宾客们当作没有灵魂的东西，

不用说，都是这宴会的佳客：

这事情我也能容易地觉出，

否则这房里决不会零乱，

不会这样氤氲着烟酒的气味。

它们现在是已经安分守己了，

但是扶着残醉的洋娃娃却眨着眼睛，

我知道她还会撒痴撒娇：

她的头发是那样地蓬乱，而舞衣又那样地皱，

一定的，昨晚她已被亲过了嘴。

那年老的时钟显然已喝得太多了，

他还渴睡着，而把他的职司忘记；

拖鞋已换了方向，易了地位，
他不安静地躺在床前，而横出榻下。
粉盒和香水瓶自然是最漂亮的娇客，
因为她们是从巴黎来的，
而且准跳过那时行的"黑底舞"；
还有那个龙钟的瓷佛，他的年岁比我们还大，
他听过我祖母的声音，又受过我父亲的爱抚，
他是慈爱的长者，他必然居过首席。
（他有着一颗什么心会和那些后生小子和谐？）
比较安静的恐怕只有那桌上的烟灰盂，
他是昨天刚在大路上来的，他是生客。

还有许许多多的有伟大的灵魂的小东西，
它们现在都已敛迹，而且又装得那样规矩，
它们现在是那样安静，但或许昨晚最会胡闹。
对于这些事物的放肆我倒并不嗔怪，
我不会发脾气，因为像我们一样，
它们在有一些的时候也应得狂欢痛快。
但是我不懂得它们为什么会胆小害怕我们，
我们不是严厉的主人，我们愿意它们同来！

这些我们已有过了许多证明，

如果去问我的荷兰烟斗，它便会讲给你听。

载《北斗》第一卷第二期，一九三一年十月

野　宴

对岸青叶荫下的野餐，
只有百里香和野菊作伴；
河水已洗涤了碍人的礼仪，
白云遂成为飘动的天幕。

那里有木叶一般绿的薄荷酒，
和你所爱的芬芳的腊味，
但是这里有更可口的芦笋
和更新鲜的乳酪。

我的爱软的草的小姐，
你是知味的美食家：
先尝这开胃的饮料，
然后再试那丰盛的名菜。

载《北斗》第一卷第二期，一九三一年十月

三顶礼

引起寂寂的旅愁的，
翻着软浪的暗暗的海，
我的恋人的发，
受我怀念的顶礼。

恋之色的夜合花，
佻佻的夜合花，
我的恋人的眼，
受我沉醉的顶礼。

给我苦痛的螫的，
苦痛的但是欢乐的螫的，
你小小的红翅的蜜蜂，
我的恋人的唇，

受我怨恨的顶礼。

载《小说月报》第二十二卷第十号，一九三一年十月

二　月

春天已在野菊的头上逡巡着了，
春天已在斑鸠的羽上逡巡着了，
春天已在青溪的藻上逡巡着了，
绿荫的林遂成为恋的众香国。

于是原野将听倦了谎话的交换，
而不载重的无邪的小草
将醉着温软的皓体的甜香；

于是，在暮色冥冥里，
我将听了最后一个游女的惋叹，
拈着一支蒲公英缓缓地归去。

载《小说月报》第二十二卷第十号，一九三一年十月

小 病

从竹帘里漏进来的泥土的香，
在浅春的风里它几乎凝住了；
小病的人嘴里感到了莴苣的脆嫩，
于是遂有了家乡小园的神往。

小园里阳光是常在芸苔的花上吧，
细风是常在细腰蜂的翅上吧，
病人吃的莱菔的叶子许被虫蛀了，
而雨后的韭菜却许已有甜味的嫩芽了。

现在，我是害怕那使我脱发的饕餮了，
就是那滑腻的海鳗般美味的小食也得斋戒，
因为小病的身子在浅春的风里是软弱的，
况且我又神往于家园阳光下的莴苣。

载《小说月报》第二十二卷第十号，一九三一年十月

款　步（一）

这里是爱我们的苍翠的松树，
它曾经遮过你的羞涩和我的胆怯，
我们的这个同谋者是有一个好记性的，
现在，它还向我们说着旧话，但并不揶揄。

还有那多嘴的深草间的小溪，
我不知道它今天为什么缄默：
我不看见它，或许它已换一条路走了，
饶舌着，施施然绕着小村而去了。

这边是来做夏天的客人的闲花野草，
它们是穿着新装，像在婚筵里，
而且在微风里对我们作有礼貌的礼敬，
好像我们就是新婚夫妇。

我的小恋人，今天我不对你说草木的恋爱，
却让我们的眼睛静静地说我们自己的，
而且我要用我的舌头封住你的小嘴唇了，
如果你再说：我已闻到你的愿望的气味。

载《小说月报》第二十二卷第十号，一九三一年十月

款 步（二）

答应我绕过这些木栅，
去坐在江边的游椅上。
啮着沙岸的永远的波浪，
总会从你投出着的素足
撼动你抿紧的嘴唇的。
而这里，鲜红并寂静得
与你的嘴唇一样的枫林间，
虽然残秋的风还未来到，
但我已经从你的缄默里，
觉出了它的寒冷。

载《现代》第一卷第一期，一九三二年五月号

过 时

说我是一个在怅惜着，
怅惜着好往日的少年吧，
我唱着我的崭新的小曲，
而你却揶揄：多么"过时"！

是呀，过时了，我的"单恋女"
都已经变作妇人或是母亲，
而我，我还可怜地年轻——
年轻？不吧，有点靠不住。

是呀，年轻是有点靠不住，
说我是有一点老了吧！
你只看我拿手杖的姿态
它会告诉你一切，而我的眼睛亦然。

老实说，我是一个年轻的老人了：

对于秋草秋风是太年轻了，

而对于春月春花却又太老。

载《现代》第一卷第一期，一九三二年五月号

有　赠

谁曾为我束起许多花枝，
灿烂过又憔悴了的花枝？
谁曾为我穿起许多泪珠，
又倾落到梦里去的泪珠？

我认识你充满了怨恨的眼睛，
我知道你愿意缄在幽暗中的话语，
你引我到了一个梦中，
我却又在另一个梦中忘了你。

我的梦和我的遗忘中的人，
哦，受过我暗自祝福的人，
终日有意地灌溉着蔷薇，
我却无心地让寂寞的兰花愁谢。

载《现代》第一卷第一期，一九三二年五月号

游子谣

海上微风起来的时候，
暗水上开遍青色的蔷薇。
——游子的家园呢？

篱门是蜘蛛的家，
土墙是薜荔的家，
枝繁叶茂的果树是鸟雀的家。

游子却连乡愁也没有，
他沉浮在鲸鱼海蟒间：
让家园寂寞的花自开自落吧。

因为海上有青色的蔷薇，
游子要萦系他冷落的家园吗？
还有比蔷薇更清丽的旅伴呢。

清丽的小旅伴是更甜蜜的家园，

游子的乡愁在那里徘徊踯躅。

唔，永远沉浮在鲸鱼海蟒间吧。

载《现代》第一卷第三期，一九三二年七月号

秋 蝇

木叶的红色，
木叶的黄色，
木叶的土灰色：
窗外的下午！

用一双无数的眼睛，
衰弱的苍蝇望得昏眩。
这样窒息的下午啊！
它无奈地搔着头搔着肚子。

木叶，木叶，木叶，
无边木叶萧萧下。

玻璃窗是寒冷的冰片了，
太阳只有苍茫的色泽。

巡回地散一次步吧！
它觉得它的脚软。

红色，黄色，土灰色，
昏眩的万花筒的图案啊！

迢遥的声音，古旧的，
大伽蓝的钟磬？天末的风？
苍蝇有点僵木，
这样沉重的翼翅啊！

飘下地，飘上天的木叶旋转着，
红色，黄色，土灰色的错杂的回轮。

无数的眼睛渐渐模糊，昏黑，
什么东西压到轻绡的翅上，
身子像木叶一般地轻，
载在巨鸟的翎翮上吗？

载《现代》第一卷第三期，一九三二年七月号

夜行者

这里他来了：夜行者！
冷清清的街道有沉着的跫音，
从黑茫茫的雾，
到黑茫茫的雾。

夜的最熟稔的朋友，
他知道它的一切琐碎，
那么熟稔，在它的熏陶中，
他染了它一切最古怪的脾气。

夜行者是最古怪的人。
你看他走在黑夜里：
戴着黑色的毡帽，
迈着夜一样静的步子。

载《现代》第一卷第三期，一九三二年七月号

微　辞

园子里蝶褪了粉蜂褪了黄，
则木叶下的安息是允许的吧，
然而好弄玩的女孩子是不肯休止的，
"你瞧我的眼睛，"她说，"它们恨你！"

女孩子有恨人的眼睛，我知道，
她还有不洁的指爪，
但是一点恬静和一点懒是需要的，
只瞧那新叶下静静的蜂蝶。

魔道者使用曼陀罗根或是枸杞，
而人却像花一般地顺从时序，
夜来香娇妍地开了一个整夜，
朝来送入温室一时能重鲜吗？

园子都已恬静，
蜂蝶睡在新叶下，
迟迟的永昼中，
无厌的女孩子也该休止。

载《现代》第一卷第三期，一九三二年七月号

妾薄命

一枝，两枝，三枝，
床巾上的图案花
为什么不结果子啊！
过去了：春天，夏天，秋天。

明天梦已凝成了冰柱；
还会有温煦的太阳吗？
纵然有温煦的太阳，跟着檐溜，
去寻坠梦的玎玲吧！

载《现代》第一卷第六期，一九三二年十月号

少年行

是簪花的老人呢，
灰暗的篱笆披着茑萝；

旧曲在颤动的枝叶间死了，
新蜕的蝉用单调的生命赓续。

结客寻欢都成了后悔，
还要学少年的行躅吗？

平静的天，平静的阳光下，
烂熟的果子平静地落下来了。

载《现代》第一卷第六期，一九三二年十月号

旅　思

故乡芦花开的时候，
旅人的鞋跟染着征泥，
黏住了鞋跟，黏住了心的征泥，
几时经可爱的手拂拭？

栈石星饭的岁月，
骤山骤水的行程：
只有寂静中的促织声，
给旅人尝一点家乡的风味。

不　寐

在沉静的音波中，
每个爱娇的影子，
在眩晕的脑里，
作瞬间的散步；

只是短促的瞬间，
然后列成桃色的队伍，
月移花影地淡然消溶：
飞机上的阅兵式。

掌心抵着炎热的前额，
腕上有急促的温息；
是那一宵的觉醒啊？
这种透过皮肤的温息。

让沉静底最高的音波，

来震破脆弱的耳膜吧。

窒息的白色的帐子，墙……

什么地方去喘一口气呢？

载《文艺月刊》第四卷第二号，一九三三年八月

深闭的园子

五月的园子，
已花繁叶满了，
浓荫里却静无鸟喧。

小径已铺满苔藓，
而篱门的锁也锈了——
主人却在迢遥的太阳下。

在迢遥的太阳下，
也有璀璨的园林吗？

陌生人在篱边探首，
空想着天外的主人。

载《现代》第二卷第一号，一九三二年十一月号

灯

士为知己者用，
故承恩的灯
遂做了恋的同谋人：
作憧憬之雾的
青色的灯，
作色情之屏的
桃色的灯。

因为我们知道爱灯，
如仁者乐山，智者乐水，
为供它的法眼的鉴赏
我们展开秘藏的风俗画：
灯却不笑人的疯魔。

在灯的友爱的光里，

人走进了美容院；
千手千眼的技师，
替人匀着最宜雅的脂粉，
于是我们便目不暇给。

太阳只发着学究的教训，
而灯光却作着亲切的密语，
至于交头接耳的暗黑，
就是饕餮者的施主了。

载《现代》第二卷第一期，一九三二年十一月号

寻梦者

梦会开出花来的，
梦会开出娇妍的花来的：
去求无价的珍宝吧。

在青色的大海里，
在青色的大海的底里，
深藏着金色的贝一枚。

你去攀九年的冰山吧，
你去航九年的旱海吧，
然后你逢到那金色的贝。

它有天上的云雨声，
它有海上的风涛声，
它会使你的心沉醉。

把它在海水里养九年，
把它在天水里养九年，
然后，它在一个暗夜里开绽了。

当你鬓发斑斑了的时候，
当你眼睛朦胧了的时候，
金色的贝吐出桃色的珠。

把桃色的珠放在你怀里，
把桃色的珠放在你枕边，
于是一个梦静静地升上来了。

你的梦开出花来了，
你的梦开出娇妍的花来了，
在你已衰老了的时候。

载《现代》第二卷第一号，一九三二年十一月号

乐园鸟

飞着，飞着，春，夏，秋，冬，
昼，夜，没有休止，
华羽的乐园鸟，
这是幸福的云游呢，
还是永恒的苦役？

渴的时候也饮露，
饥的时候也饮露，
华羽的乐园鸟，
这是神仙的佳肴呢，
还是为了对于秋天的乡思？

是从乐园里来的呢，
还是到乐园里去的？
华羽的乐园鸟，

在茫茫的青空中，

也觉得你的路途寂寞吗？

假使你是从乐园里来的，

可以对我们说吗，

华羽的乐园鸟，

自从亚当、夏娃被逐后，

那天上的花园已荒芜到怎样了？

载《现代》第二卷第一号，一九三二年十一月号

见勿忘我花

为你开的，
为我开的毋忘我花，
为了你的怀念，
为了我的怀念，
它在陌生的太阳下，
陌生的树林间，
谦卑地，悒郁地开着。

在僻静的一隅，
它为你向我说话，
它为我向你说话；
它重数我们用凝望
远方潮润的眼睛，
在沉默中所说的话，
而它的语言又是

像我们的眼一样沉默。

开着吧，永远开着吧，
挂虑我们的小小的青色的花。

微 笑

轻岚从远山飘开，
水蜘蛛在静水上徘徊；
说吧：无限意，无限意。

有人微笑，
一颗心开出花来，
有人微笑，
许多脸儿忧郁起来。

做定情之花带的点缀吧，
做迢遥之旅愁的凭借吧。

霜 花

九月的霜花，
十月的霜花，
雾的娇女，
开到我鬓边来。

装点着秋叶，
你装点了单调的死。
雾的娇女，
来替我簪你素艳的花。

你还有珍珠的眼泪吗？
太阳已不复重燃死灰了。
我静观我鬓丝的零落，
于是我迎来你所装点的秋。

载《现代诗风》（第一册），一九三五年十月

古意答客问

孤心逐浮云之炫烨的卷舒，
惯看青空的眼喜侵阈的青芜。
你问我的欢乐何在？
——窗头明月枕边书。

侵晨看岚踯躅于山巅，
入夜听风琐语于花间。
你问我的灵魂安息于何处？
——看那袅绕地、袅绕地升上去的炊烟。

渴饮露，饥餐英；
鹿守我的梦，鸟祝我的醒。
你问我可有人间世的挂虑？

——听那消沉下去的百代之过客的跫音。

一九三四年十二月五日

载《现代诗风》（第一册），一九三五年十月

灯

灯守着我，劬劳地，
凝看我眸子中
有穿着古旧的节日衣衫的
欢乐儿童，
忧伤稚子，
象木马栏似地
转着，转着，永恒地……

而火焰的春阳下的树木般的
小小的爆裂声，
摇着我，摇着我，
柔和地。

美丽的节日萎谢了，
木马栏独自转着转着……

灯徒然怀着母亲的劬劳，
孩子们的彩衣已褪了颜色。

已矣哉！
采撷黑色大眼睛的凝视
去织最绮丽的梦网！
手指所触的地方：
火凝作冰焰，
花幻为枯枝。
灯守着我。让它守着我！

曦阳普照，蜥蜴不复浴其光，
帝王长卧，鱼烛永恒地高烧
在他森森的陵寝。

这里，一滴一滴地，
寂静坠落，坠落，坠落。

一九三四年十二月二十一日
载《现代诗风》（第一册），一九三五年十月

秋夜思

谁家动刀尺？
心也需要秋衣。

听鲛人的召唤，
听木叶的呼吸！
风从每一条脉络进来，
窃听心的枯裂之音。

诗人云：心即是琴。
谁听过那古旧的阳春白雪？
为真知的死者的慰藉，
有人已将它悬在树梢，
为天籁之凭托——
但曾一度谛听的飘逝之音。

而断裂的吴丝蜀桐，

仅使人从弦柱间思忆华年。

一九三五年七月六日

载《现代诗风》（第一册），一九三五年十月

小　曲

啼倦的鸟藏喙在彩翎间，
音的小灵魂向何处翩跹？
老去的花一瓣瓣委尘土，
香的小灵魂在何处流连？

它们不能在地狱里，不能，
这那么好，那么好的灵魂！
那么是在天堂，在乐园里？
摇摇头，圣彼得可也否认。

没有人知道在哪里，没有，
诗人却微笑而三缄其口：
有什么东西在调和氤氲，

在他的心的永恒的宇宙。

一九三六年五月十四日

载《大公报·文艺》第一六九期，一九三六年六月二十六日

赠克木

我不懂别人为什么给那些星辰
取一些它们不需要的名称，
它们闲游在太空，无牵无挂，
不了解我们，也不求闻达。

记着天狼，海王，大熊……这一大堆，
还有它们的成分，它们的方位，
你绞干了脑汁，胀破了头，
弄了一辈子，还是个未知的宇宙。

星来星去，宇宙运行，
春秋代序，人死人生，
太阳无量数，太空无限大，
我们只是倏忽渺小的夏虫井蛙。

不痴不聋，不作阿家翁，

为人之大道全在懵懂，

最好不求甚解，单是望望，

看天，看星，看月，看太阳。

也看山，看水，看云，看风，

看春夏秋冬之不同，

还看人世的痴愚，人世的悾惚：

静默地看着，乐在其中。

乐在其中，乐在空与时以外，

我和欢乐都超越过一切的境界，

自己成一个宇宙，有它的日月星，

来供你钻究，让你皓首穷经。

或是我将变一颗奇异的彗星，

在太空中欲止即止，欲行即行，

让人算不出轨迹，瞧不透道理，

然后把太阳敲成碎火，把地球撞成泥。

一九三六年五月十八日

载《新诗》第一卷第一期，一九三六年十月

眼

在你的眼睛的微光下，
迢遥的潮汐升涨：
玉的珠贝，
青铜的海藻……
千万尾飞鱼的翅，
剪碎分而复合的，
顽强的渊深的水。

无渚涯的水，
暗青色的水！
在什么经纬度上的海中，
我投身又沉溺在
以太阳之灵照射的诸太阳间，
以月亮之灵映光的诸月亮间，
以星辰之灵闪烁的诸星辰间？

于是我是彗星，

有我的手，

有我的眼，

并尤其有我的心。

我晞曝于你的眼睛的

苍茫朦胧的微光中，

并在你上面，

在你的太空的镜子中

鉴照我自己的

透明而畏寒的

火的影子，

死去或冰冻的火的影子。

我伸长，我转着，

我永恒地转着，

在你的永恒的周围

并在你之中……

我是从天上奔流到海，

从海奔流到天上的江河，

我是你每一条动脉，

每一条静脉，

每一个微血管中的血液，

我是你的睫毛

（它们也同样在你的

眼睛的镜子里顾影），

是的，你的睫毛，你的睫毛，

而我是你，

因而我是我。

一九三六年十月十九日

载《新诗》第一卷第二期，一九三六年十二月

夜　蛾

绕着蜡烛的圆光，
夜蛾作可怜的循环舞，
这些众香国的谪仙不想起
已死的虫，未死的叶。

说这是小睡中的亲人，
飞越关山，飞越云树，
来慰藉我们的不幸，
或者是怀念我们的死者，
被记忆所逼，离开了寂寂的夜台来。

我却明白它们就是我自己，
因为它们用彩色的大绒翅
遮覆住我的影子，
让它留在幽暗里。

这只是为了一念，不是梦，

就像那一天我化成凤。

一九三六年十二月二十六日

载《新诗》第一卷第四期，一九三七年一月

寂 寞

园中野草渐离离，
托根于我旧时的脚印，
给他们披青春的彩衣：
星下的盘桓从兹消隐。

日子过去，寂寞永存，
寄魂于离离的野草，
像那些可怜的灵魂，
长得如我一般高。

我今不复到园中去，
寂寞已如我一般高：
我夜坐听风，昼眠听雨，

悟得月如何缺，天如何老。

一九三七年二月十二日

载《文学杂志》第一卷第一期，一九三七年五月

我思想

我思想，故我是蝴蝶……
万年后小花的轻呼
透过无梦无醒的云雾，
来振撼我斑斓的彩翼。

一九三七年三月十四日

载《文学杂志》第一卷第一期，一九三七年五月

元日祝福

新的年岁带给我们新的希望。
祝福！我们的土地，
血染的土地，焦裂的土地，
更坚强的生命将从而滋长。

新的年岁带给我们新的力量。
祝福！我们的人民，
坚苦的人民，英勇的人民，
苦难会带来自由解放。

一九三九年元旦日

载《星岛日报·星座》第一五四期，一九三九年一月一日

白蝴蝶

给什么智慧给我，
小小的白蝴蝶，
翻开了空白之页，
合上了空白之页？

翻开的书页：
寂寞；
合上的书页：
寂寞。

一九四〇年五月三日

狼和羔羊（寓言诗）

一只小羔羊，
饮水清溪旁。
忽然有一头饿狼，
觅食来到这地方。
他看见羔羊容易欺，
就板起脸儿发脾气：
"你好胆大妄为，
搅浑了我的饮水！
我一定得责罚你，
不容你作歹为非！"
羔羊回答道："陛下容禀：
请陛下暂息雷霆，
小臣是在下流饮水，
陛下在上流，水怎样会弄秽？
陛下贤明聪慧，

一定明白小臣没有弄浑溪水。"

饥狼闻言说道："别嘴强，

我说你弄浑就弄浑。

你这东西实在可恶，

去年你还骂过我。"

"去年我怎样会对陛下有不敬之辞？

那时我还没有出世，

我是今年三月才出胎，

现在还是在吃奶。"

"不是你，一定是你的哥哥。"

"我没有弟兄。""真可恶，

不要嘴强，我不管你，

不是你哥哥，一定是你的亲戚。

你们这些家伙全不是好东西，

还有看羊人和狗，全合在一起，

整天跟我为难，从来不放手，

别人对我说，一定得报仇。"

说时迟，那时快，

狼心起，把人害，

一跳过去把羊擒，

咬住就向树林行，

也不再三问五审，
把羔羊送给五脏神。

寓言曰：一朝权在手，黑白原不分，
何患无辞说，加以大罪名。
不管你分辩声明，
请戴红帽子一顶。
让你遭殃失意，
我且饱了肚皮。

载《星岛日报·星座》第九〇五期，一九四一年四月十六日

生产的山 ^(寓言诗)

话说有一座山，
大声嚷着要生产；
听到这样的声音，
大家都赶来看个分明，
以为它要像圣玛丽一样，
没有父亲，把耶稣生养，
将要生产一个巨镇大城，
像成都、昆明或是重庆；
谁知道嚷了半天，
哎呀，我的天！
山崩地裂鬼神诉，
它却养出了一只吃米的老鼠！

寓言曰：
这个故事虽可笑，

却包括教训两道：

第一：要生产不要说大话，

第二：不要养吃米的耗子害人家！

载《星岛日报·星座》第九〇九期，一九四一年四月二十日

致萤火

萤火，萤火，
你来照我。

照我，照这沾露的草，
照这泥土，照到你老。

我躺在这里，让一颗芽
穿过我的躯体，我的心，
长成树，开花；

让一片青色的藓苔，
那么轻，那么轻
把我全身遮盖，

像一双小手纤纤，

当往日我在昼眠，
把一条薄被
在我身上轻披。

我躺在这里
咀嚼着太阳的香味；
在什么别的天地，
云雀在青空中高飞。

萤火，萤火，
给一缕细细的光线——
够担得起记忆，
够把沉哀来吞咽！

一九四一年六月二十六日
载《华侨日报·文艺周刊》第一期，一九四四年一月三十日

抗日民谣（四首）

一

神灵塔，神灵塔，
今年造，明年拆。

二

神风，神风，
只只升空，落水送终。

三

玉碎，玉碎，
哪里有死鬼，
俘虏一队队，

老婆给人睡。

四

大东亚，
啊呀呀，
空口说白话，
句句假。

狱中题壁

如果我死在这里，
朋友啊，不要悲伤，
我会永远地生存
在你们的心上。

你们之中的一个死了，
在日本占领地的牢里，
他怀着的深深仇恨，
你们应该永远地记忆。

当你们回来，从泥土
掘起他伤损的肢体，
用你们胜利的欢呼
把他的灵魂高高扬起，

然后把他的白骨放在山峰，

曝着太阳，沐着飘风：

在那暗黑潮湿的土牢，

这曾是他唯一的美梦。

一九四二年四月二十七日

载《新生日报·新语》，一九四六年一月五日

我用残损的手掌

我用残损的手掌

摸索这广大的土地：

这一角已变成灰烬，

那一角只是血和泥；

这一片湖该是我的家乡，

（春天，堤上繁花如锦幛，

嫩柳枝折断有奇异的芬芳，）

我触到荇藻和水的微凉；

这长白山的雪峰冷到彻骨，

这黄河的水夹泥沙在指间滑出；

江南的水田，你当年新生的禾草

是那么细，那么软……现在只有蓬蒿；

岭南的荔枝花寂寞地憔悴，

尽那边，我蘸着南海没有渔船的苦水……

无形的手掌掠过无限的江山，

手指沾了血和灰，手掌黏了阴暗，

只有那辽远的一角依然完整，

温暖，明朗，坚固而蓬勃生春。

在那上面，我用残损的手掌轻抚，

像恋人的柔发，婴孩手中乳。

我把全部的力量运在手掌

贴在上面，寄与爱和一切希望，

因为只有那里是太阳，是春，

将驱逐阴暗，带来苏生，

因为只有那里我们不像牲口一样活，

蝼蚁一样死……那里，永恒的中国！

一九四二年七月三日

载《文艺春秋》第三卷第六期，一九四六年十二月

心　愿

几时可以开颜笑笑，
把肚子吃一个饱，
到树林子去散一会儿步，
然后回来安逸地睡一觉？
　　只有把敌人打倒。

几时可以再看见朋友们，
跟他们游山，玩水，谈心，
喝杯咖啡，抽一支烟，
念念诗，坐上大半天？
　　只有送敌人入殓。

几时可以一家团聚，
拍拍妻子，抱抱儿女，
烧个好菜，看本电影，

回来围炉谈笑到更深？
　　只有将敌人杀尽。

只有起来打击敌人，
自由和幸福才会临降，
否则这些全是白日梦
和没有现实的游想。

一九四三年一月二十八日

载《新生日报·新语》，一九四六年一月五日

等　待（一）

我等待了两年，
你们还是这样遥远啊！
我等待了两年，
我的眼睛已经望倦啊！

说六个月可以回来啦，
我却等待了两年啊，
我已经这样衰败啦，
谁知道还能够活几天啊。

我守望着你们的脚步，
在熟稔的贫困和死亡间，
当你们再来，带着幸福，

会在泥土中看见我张大的眼。

一九四三年十二月三十一日

载《新生日报·新语》，一九四六年一月五日

等　待（二）

你们走了，留下我在这里等，
看血污的铺石上徘徊着鬼影，
饥饿的眼睛凝望着铁栅，
勇敢的胸膛迎着白刃，
耻辱黏住每一颗赤心，
在那里，炽烈地燃烧着悲愤。

把我遗忘在这里，让我见见
屈辱的极度，沉痛的界限，
做个证人，做你们的耳、你们的眼，
尤其做你们的心，受苦难，磨炼，
仿佛是大地的一块，让铁蹄蹂践，
仿佛是你们的一滴血，遗在你们后面。

没有眼泪没有语言的等待：

生和死那么紧地相贴相挨，
而在两者间，颀长的岁月在那里挤，
结伴儿走路，好像难兄难弟。

冢地只两步远近，我知道
安然占六尺黄土，盖六尺青草；
可是这儿也没有什么大不同，
在这阴湿，窒息的窄笼：
做白虱的巢穴，做泔脚缸，
让脚气慢慢延伸到小腹上，
做柔道的呆对手，剑术的靶子，
从口鼻一齐喝水，然后给踩肚子，
膝头压在尖钉上，砖头垫在脚踵上，
听鞭子在皮骨上舞，做飞机在梁上荡……

多少人从此就没有回来，
然而活着的却耐心地等待。

让我在这里等待，
耐心地等你们回来：
做你们的耳目，我曾经生活，

做你们的心，我永远不屈服。

一九四四年一月十八日

载《文艺春秋》第三卷第五期，一九四六年十二月

雨　巷

过旧居（初稿）

静掩的窗子隔住尘封的幸福，
寂寞的温暖饱和着辽远的炊烟——
陌生的声音还是解冻的呼唤？……
挹泪的过客在往昔生活了一瞬间。

一九四四年三月二日
载《新生日报》，一九四六年一月十日

过旧居

这样迟迟的日影，
这样温暖的寂静，
这片午炊的香味，
对我是多么熟稔。

这带露台，这扇窗
后面有幸福的窥望，
还有几架书，两张床，
一瓶花……这已是天堂。

我没有忘记：这是家，
妻如玉，女儿如花，
清晨的呼唤和灯下的闲话，
想一想，会叫人发傻，

雨 巷

单听他们亲昵地叫，
就够人整天地骄傲，
出门时挺起胸，伸直腰，
工作时也抬头微笑。

现在……可不是我回家的午餐？……
桌上一定摆上了盘和碗，
亲手调的羹，亲手煮的饭，
想起了就会嘴馋。

这条路我曾经走了多少回！
多少回？……过去都压缩成一堆，
叫人不能分辨，日子是那么相类，
同样幸福的日子，这些孪生姊妹！

我可糊涂啦，是不是今天
出门时我忘记说"再见"？
还是这事情发生在许多年前，
其中间隔着许多变迁？

可是这带露台，这扇窗，

那里却这样静，没有声响，
没有可爱的影子，娇小的叫嚷，
只是寂寞，寂寞，伴着阳光。

而我的脚步为什么又这样累？
是否我肩上压着苦难的年岁，
压着沉哀，透渗到骨髓，
使我眼睛蒙眬，心头消失了光辉？

为什么辛酸的感觉这样新鲜？
好像伤没有收口，苦味在舌间。
是一个归途的游想把我欺骗，
还是灾难的日月真横亘其间？

我不明白，是否一切都没改动，
却是我自己做了白日梦，
而一切都在那里，原封不动：
欢笑没有冰凝，幸福没有尘封？

或是那些真实的岁月，年代，
走得太快一点，赶上了现在，

回过头来瞧瞧，匆忙又退回来，
再陪我走几步，给我瞬间的欢快？

…………

有人开了窗，
有人开了门，
走到露台上——
一个陌生人。

生活，生活，漫漫无尽的苦路！
咽泪吞声，听自己疲倦的脚步：
遮断了魂梦的不仅是海和天，云和树，
无名的过客在往昔作了瞬间的踌躇。

一九四四年三月十日

载《华侨日报·文艺周刊》第七期，一九四四年三月十二日

断　章

四月蒂带来崭新的叶子给老树，
给我的只是年岁的挂虑，
海啊，一片白帆飘去！

载《新生日报》，一九四六年一月十日

雨　巷

示长女

记得那些幸福的日子！
女儿，记在你幼小的心灵：
你童年点缀着海鸟的彩翎，
贝壳的珠色，潮汐的清音，
山岚的苍翠，繁花的绣锦，
和爱你的父母的温存。

我们曾有一个安乐的家，
环绕着淙淙的泉水声，
冬天曝着太阳，夏天笼着清荫，
白天有朋友，晚上有恬静，
岁月在窗外流，不来打搅
屋里终年长驻的欢欣，
如果人家窥见我们在灯下谈笑，
就会觉得单为了这也值得过一生。

我们曾有一个临海的园子，
它给我们滋养的番茄和金笋，
你爸爸读倦了书去垦地，
你妈妈在太阳阴里缝纫，
你呢，你在草地上追彩蝶，
然后在温柔的怀里寻温柔的梦境。

人人说我们最快活，
也许因为我们生活过得蠢，
也许因为你妈妈温柔又美丽，
也许因为你爸爸诗句最清新。

可是，女儿，这幸福是短暂的，
一刹时都被云锁烟埋；
你记得我们的小园临大海，
从那里你们一去就不再回来，
从此我对着那迢遥的天涯，
松树下常常徘徊到暮霭。

那些绚烂的日子，像彩蝶，

现在枉费你摸索追寻，
我仿佛看见你从这间房
到那间，用小手挥逐阴影，
然后，缅想着天外的父亲，
把疲倦的头搁在小小的绣枕。

可是，记着那些幸福的日子，
女儿，记在你幼小的心灵：
你爸爸仍旧会来，像往日，
守护你的梦，守护你的醒。

一九四四年六月二日
载《华侨日报·文艺周刊》第十九期，一九四四年六月四日

在天晴了的时候

在天晴了的时候，
该到小径中去走走：
给雨润过的泥路，
一定是凉爽又温柔；
炫耀着新绿的小草，
已一下子洗净了尘垢；
不再胆怯的小白菊，
慢慢地抬起它们的头，
试试寒，试试暖，
然后一瓣瓣地绽透；
抖去水珠的凤蝶儿
在木叶间自在闲游，
把它的饰彩的智慧书页
曝着阳光一开一收。

　　　　　　雨　巷

到小径中去走走吧，
在天晴了的时候：
赤着脚，携着手，
踏过新泥，涉过溪流。

新阳推开了阴霾了，
溪水在温风中晕皱，
看山间移动的暗绿——
云的脚迹——它也在闲游。

一九四四年六月二日
载《华侨日报·文艺周刊》第十九期，一九四四年六月四日

赠　内

空白的诗帖，
幸福的年岁；
因为我苦涩的诗节，
只为灾难竖里程碑。

即使清丽的词华，
也会消失它的光鲜，
恰如你鬓边憔悴的花
映着明媚的朱颜。

不如寂寂地过一世，
受着你光彩的薰沐，
一旦为后人说起时，

但叫人说往昔某人最幸福。

一九四四年六月九日

载《华侨日报·文艺周刊》第三十三期，一九四四年九月十日

萧红墓畔口占

走六小时寂寞的长途，
到你头边放一束红山茶，
我等待着，长夜漫漫，
你却卧听着海涛闲话。

一九四四年十一月二十日
载《华侨日报·文艺周刊》第三十三期，一九四四年九月十日

口 号

盟军的轰炸机来了，
看他们勇敢地飞翔，
向他们表示沉默的欢快，
但却永远不要惊慌。

看敌人四处钻，发抖：
盟军的轰炸机来了，
也许我们会碎骨粉身，
但总比死在敌人手上好。

我们需要冷静，坚忍，
离开兵营，工厂，船坞：
盟军的轰炸机来了，
叫敌人踏上死路。

苦难的岁月不会再迟延，
解放的好日子就快到，
你看带着这消息的
盟军的轰炸机来了。

一九四五年一月十六日香港大轰炸中

载《新生日报·新语》，一九四六年一月五日

断　篇

我用无形的手掌摸索广大的土地：
这一角已破碎，那一角是和着血的泥，
那辽远的地方依然还完整，硬坚，
我依稀听到从那里传来雄壮的声音。

辽远的声音啊，虽然低沉，我仍听到，
听到你的呼召，也听到我的心的奔跳，
这两个声音，他们在相互和应，招邀……
啊！在这血染的岛上，我是否要等到老？

偶　成

如果生命的春天重到，
古旧的凝冰都哗哗地解冻，
那时我会再看见灿烂的微笑，
再听见明朗的呼唤——这些迢遥的梦。

这些好东西都决不会消失，
因为一切好东西都永远存在，
它们只是像冰一样凝结，
而有一天会像花一样重开。

一九四五年五月三十一日

载《香港艺文》，一九四五年八月三十一日

无　题

我和世界之间是墙，

墙和我之间是灯，

灯和我之间是书，

书和我之间是——隔膜！

法文诗六章 ①

Le Voyageur②

Quand, sur la mer, la brise souffle,

sur les ondes sombres, s'épanouissent part out les roses

blues.

    —Où es-tu, toit du voyagenr?

La porte de la cloture est le toit des araignées,

Le mur de terre celui des ronces,

Et l'arbre en fleur celui des moineaux.

Le voyagenr n'a měme pas de nostalgie,

---

    ①   法文诗六章系作者从自己的诗作中自译为法文的，诗人在法国游学时，曾发表在法国刊物《南方文钞》一九三五年三月号上。

    ②   即《游子谣》。

Il flo'te parni les mědues et les pélamides:

—Laissons les fleurs solitaires s'ĕpanouir et tomber dans le jardin natal.

Car sur la mer s'ĕpanouissent les roses bleues.

Pourquo le voyageur s'inquiète ait-il de son jardin désert?

N'a-t-il pas une compagne plus charmante que les roses?

Le Jardin Clos[1]

Dans le jardin, au mois de mai,
Foisonnent déjà fleurs et feuilles:
Aucun ramage dans la feuillée.

Les allées sont vétues de mousses,
Et le cadenas de la porte, de rouille;
Le maitre reste sous un soleil lointain.

---

[1] 即《深闭的园子》。

Sous le soleil lointain

Un jardin radieux peut-ilétre?

Le passaut épie prés de la haie,

Songeant en vain au maitre sous l'autre ciel.

Noctambule[①]

Voici venir le noctambule!

Dans la rue déserte, résonnent ses pas:

Du brouillard tout noir,

Au brouillard tout noir.

Ami le plus Intime de la nuit,

Il en connalt tous les secreta

Si intime qu'il a pris

Toutes les manies de la nuit.

Le noctambule est un coeur étrange.

---

① 即《夜行者》。

Regardez-le s'avancer dans la nuit noire

D'un pas silencieux comme la nuit

Et sur la téte, un feutre noir.

Démodé[①]

Dites que je suis un jeune homme

Qui regrette le bou vieux temps,

Je fredonne une chanson neuve,

Et déjà vous vous moquez: que c'est démodé!

Oui démodé: mes amoureuses du temps passé

Sont maintenan épouses ou méres.

Mais moi je reste pauvremeut jeune.

Jeune? non, pas tout ā fait.

Non, je ne suis plus tout ā fait jeune.

Dites que je suis un peu vieilli!

Regardez seulement la facon dont je porte la canne,

---

① 即《过时》。

Cela vous dira tout, et mes yeux aussi.

A vrai dire, je suis un jeune vieillard:

Trop jeune pour les herbes et le vent d'automne,

Trop vieux pour la lune et les fleurs de printemps.

Trois Bénédictions[1]

j er somb e aux molles vagues

Où l'on ne ouffre que le mal du pays

Chevelue de ma bien-aimée,

Reçois mon egret en bénédiction.

Belle-de-jour couleur d'amour,

Belle-de-jour, belle de nuit,

Prun Ile de ma bien-aimée,

Reçois mon ivresse en bénédiction.

Petite abeille aux ailes roses,

---

[1]　即《三顶礼》。

Petite abeille au cruel aiguillon

Dou'oureux mais bienheureux,

O bouche de ma bien-aimée

Reçois ma p'ainte en bénédiction.

Regret[①]

—Un, deux, trois…

Ces fleurs étoilant le couvre–lit,

Pourquoi ne donnent elles pas de fruits?

Déjà ont fui: le printemps, l'été, l'autonme.

Demain le rève sera pris en stalactite.

Repa aitra-t-il encore le soleil chaud?

Malgré le soleil chaud,

Suivant les gouttes d'eau

On ne touvera que le tintement

Du réve tombé.

---

① 即《妾薄命》。

简述戴望舒的早期创作和翻译

（代后记）

陈　武

1

戴望舒的文学创作，始于他的中学时期。

1919 年五四运动那一年，戴望舒 14 岁，考入了杭州宗文中学。读书期间，戴望舒开始文学创作。创作的第一篇文学作品，是短篇小说《债》，写于中学第三年的 1922 年 8 月，发表于《半月》杂志第 1 卷第 23 期。《半月》杂志为半月刊，1921 年 9 月 16 日创刊于上海，先后由上海半月社和大东书局发行，周瘦鹃任该刊编辑。周瘦鹃是鸳鸯蝴蝶派作家，由他出任编辑，自然还是偏向于这一方向，即以才子佳人、男女私情、社会传奇等面向大众的文艺作品为主，每期以小说主打，亦有少量散文发表，是鸳鸯蝴蝶派的重要阵地，当时有名的鸳鸯蝴蝶派作家如包天笑、顾明道、李涵秋等，都在《半月》上发表小说。17岁的戴望舒第一篇小说即在《半月》上发表，给他的文学创作带来极大的信心。紧接着便在杭州出版的《妇女旬刊》上陆续发表《势之升长（理想派剧）》《波儿（续）》等文章。宗文中学是一所私立学校，受当时风气的影响，该校有不少年轻人热爱文学，比如张天翼、杜衡等，他俩只比戴望舒晚一届。就在戴望舒发表第一篇文学作品《债》的同一月里，戴望舒、张天翼、施蛰存、叶秋原、李伊凉、马天騕、杜衡七个热爱文学的青年，在杭州成立了兰社。年底，兰社成员在杭州飞来峰下的冷泉溪畔聚会并摄影留念。照片以《冷泉兰影》为题，分别写上了他们的笔名"梦鸥、涤源、寒壶、无诤、鹃魂、弋红、伊凉"发表于《星期》第42期上。《星期》也是鸳鸯蝴蝶派主将包天笑主编的一本综合性文学刊物。从此，这个规模不大的团体中的各位作者，以不同的姿态和面目出现在沪杭一带出版的各种报刊上，戴望舒的创作和翻译，也由此拉开了序幕。1922年10月，他的短篇小说《五百五十年间》发表在《妇女旬刊》第87期上，不久后的11月，另一篇短篇小说《虚声》又发表于该刊第90期上，12月又在《半月》第2卷第7期上发表短篇小说《卖艺童子》，此外《红杂志》第1卷第8期和第1卷第16期上还发表了他的短文《滑稽问答》、两篇笑话《拍卖所中》和《死所》。《红杂志》也属于鸳鸯蝴蝶派，在1924年8月出版第100期时，改为《红玫瑰》，由严独鹤任名誉主编，主要作者除严独鹤外，还有赵苕狂、包天笑、郑逸梅、徐枕亚等人。1923年1月，戴望舒又在《星期》第45期上发表短篇小说《母爱》。

　　年轻的戴望舒，其早期创作，很大程度上，受到了鸳鸯蝴蝶派的影响，不仅他发表作品的杂志是由鸳鸯蝴蝶派主将担任主编，就是其作品也具有鸳鸯蝴蝶派的特质。如《滑稽问答》，共由15则问和答组成，就具有插科打诨和消遣闲趣的特点，如"（问）世界最小之梁为何？（答）鼻梁。""（问）何物为士人所不需，且永不得有，然为女子所必欲得者？（答）夫。""（问）何物一度见之而后永不得见者？（答）昨日。""（问）何种账目为算不清者。（答）混账。"再如笑话《死所》，是一个胆小的人和一个水手的交谈，胆小的人问水手的父亲死在哪里，水手回答死在海里，又问其祖父死在哪里，也是死在海里。胆小的人就很纳闷，既然这样，你为什么还要做水手呢？意思是不怕死在海里吗？水手又问胆小的人父亲和祖父死在哪里。胆小的人都说是死在床上，水手最后说，如此你天天为啥还要到床上去睡觉？戴望舒早期的小说，同样也具有鸳鸯蝴蝶派小说的影子，如《债》《卖艺童子》《母爱》等。

2

1923年1月，对于戴望舒来说极其重要，还是一名中学生（四年级）的他，就和兰社同仁创办了杂志《兰友》旬刊，并担任主编，社址和编辑部就设在他的家中，即大塔儿巷28号。该旬刊为报纸型，横向八开，每期出4至8页不等，每旬逢1出刊，以刊登旧体诗词和小说为主，也有短论和杂文。这也是戴望舒走上编辑生涯的起点。在他中学的最后一学期中，他的主要精力都用在了办《兰友》旬刊和文学创作上。这年的2月，他在《兰友》第5期上发表了短论《说侦探小说》。在3月出版的《兰友》第7期上，又发表短篇小说《牺牲》，第8期上发表散文《回忆》。在5月里，他在《兰友》第12期上发表短篇小说《国破后》，13期又发表短篇小说《跳舞场中》。在6月和7月里，继续在《兰友》发表作品，短文《文坛消息》和《描写之练习（一）》就发表于这一时期。《兰友》旬刊到1923年7月1日第17期停刊，主要原因是，18岁的戴望舒中学毕业后，和施蛰存一起进入上海大学读书，无暇编辑旬刊。随着《兰友》的停办，兰社社友雄心勃勃的另一个计划"兰社丛书"八种也随之未能出版，这八种图书，除了戴望舒的《心弦集》外，还有施蛰存的《红禅集》、张天翼的《红叶别墅》、李伊凉的剧本《苎萝村》等。

虽然文学的初心和出版事业因为学业等原因暂时处于停顿状态，但补充知识、蓄势待发也是成功道路上必然要经历的。即便如此，中学时期的文学创作，成立"兰社"的文学活动和编辑出版《兰友》的办刊实践，都为戴望舒后来的成功助了力，施蛰存曾写过一首诗，记录了他和戴望舒这一时期的友谊："湖上忽逢大小戴，襟怀磊落笔纵横。叶张墨阵堪换鹅，同缔芝兰文字盟。"即由文字结盟，成为终身好友。

3

戴望舒和施蛰存入学的上海大学，校长由大名鼎鼎的于右任担任，总务长由邓中夏担任。上海大学当时的教员还有陈望道、张太雷、恽代英、施成统、沈雁冰（茅盾）、田汉、刘大白、俞平伯、邵力子等进步开明人士，戴望舒所入的中文系，主任正是陈望道。而上述这些文化人都曾是戴望舒的任课老师。他的同学中还有丁玲、孔另境等人，并经常一起到沈雁冰家求教文学问题。

戴望舒在上海大学读了两年书，文学创作基本处于停顿状态，但是文学修养和思想却相应成熟了很多，视野也得到了开阔。1925年5月31日，上海爆发了"五卅"惨案，上海大学学生上街游行，声援工人群众，戴望舒也在学生游行队伍中。到了6月4日，上海大学被查封，戴望舒等人失学。这年秋，戴望舒入法国人办的上海震旦大学法文特别班读书，同学中有刘呐鸥（原名刘灿波），他是中国台湾台南县人，家境富裕，租住在霞飞路上的一幢楼房里，戴望舒和施蛰存常去看他，探讨文学创作，并结下了深厚的友谊。在震旦大学读书期间，戴望舒阅读了大量的法文文学作品，尤其喜欢波特莱尔、魏尔伦等象征派诗人的诗歌。施蛰存在《戴望舒译诗集》（湖南人民出版社1983年版）的序中写道："望舒在神父的课堂里读拉马丁、缪塞，在枕头底下却埋藏着魏尔伦和波特莱尔。"1926年3月，戴望舒与施蛰存、杜衡创办的《璎珞》杂志正式出刊，第一期即有戴望舒的散文《夜莺》和新诗《凝泪出门》，另有翻译的魏尔伦的诗歌《瓦上长天》。在第二期上，发表新诗《流浪人的夜歌》。在第三期上，发表新诗《可知》和魏尔伦译诗《泪珠飘落萦心曲》。1926年夏，戴望舒从震旦大学特别班毕业以后，因家庭经济无法承担学费而无力赴法。于是戴望舒就找到在大同大学读三年级的施蛰存和在五年制南洋中学毕业的杜衡商量一个计划，即施蛰存和杜衡到震旦大学法文特别班读一年书，戴望舒升入震旦大学法科一年级，一年后，三人同时赴法，这样，经济上和学业上就能互相照应了。但是，到了1927年4月，因戴望舒、施蛰存、杜衡在校期间参加进步活动，加上血腥的"四一二"事件，三人商量后，决定各自回家暂避，戴望舒和杜衡回到了杭州，施蛰存回到了松江。1927年9月6日，上海《申报》刊登《清党委员会宣布共产党名单》，内称"震旦大学有CY嫌疑者施安华、戴克崇、戴朝寀。"施安华是施蛰存的笔名，戴克崇是杜衡的本名，戴朝寀是戴望舒的本名，由于当时入学时，施蛰存注册用的是笔名，而戴望舒和杜衡用的是本名，致使戴望舒和杜衡在杭州遭遇了告密，二人便逃到松江的施蛰存家躲避，住在施家一间小厢楼上。在接下来不长的时间内，三人反而有了更多的时间从事文学交流、创作和翻译，施家的小厢楼便被戏称为"文学工场"。

1927年12月，戴望舒创作的新诗《诗三首》，发表于《莽原》第2卷第21期上，三首诗分别是《十四行》《不要这样盈盈地相看》《回了心儿吧》。

4

戴望舒的翻译、创作及编辑工作几乎是同步进行的。他的第一篇翻译作品《贪人之梦》发表于1922年10月出版的《妇女旬刊》第85期上，原作者为Oliver Goldsmith，另一篇译作《误会》也发表于该刊。此后，戴望舒便和文学翻译结下了不解之缘。如果从编辑（出版）、创作、翻译三方面来比较，无疑，他的文学翻译成就最大。1923年3月，戴望舒翻译的小说《等腰三角形》，载《兰友》旬刊第6期。5月翻译的长篇冒险小说《珊瑚岛》也连载于《兰友》旬刊。

如果说戴望舒的前期翻译还只是牛刀小试的话，住在施蛰存家小厢楼上的"文学工场"时期，算是真正的大显身手。初到施家时，"读书闲谈之外，大部分时间用于翻译外国文学"（施蛰存《最后一个老朋友——冯雪峰》），在短时间内，戴望舒就翻译了法国作家夏多布里昂的《少女之誓》《阿达拉》《勒内》。戴望舒、施蛰存、杜衡三位青年还制定了种种创作、翻译、出版计划，沉浸在笔耕及畅想的快乐中。1927年9月底，戴望舒和刘呐鸥去了一趟北京，想在北京继续谋求学业，但情形并不理想，却认识了冯至、魏金枝、沈从文、冯雪峰等青年作家，还在上海大学同学丁玲那里见到了胡也频。戴望舒于这年12月底回到上海，继续在施蛰存家小厢楼的"文学工场"里和朋友们聊文学理想并从事写作和翻译，1928年初，冯雪峰也从北京来到上海，加入"文学工场"。"文学工场"有了新鲜力量，开始有计划地从事翻译工作，戴望舒和冯雪峰选译了一部《新俄诗选》，还分头翻译了《俄罗斯短篇杰作集》（第一集、第二集），戴望舒和杜衡合译了英国19世纪的颓废诗人陶孙的诗集。在1928年9月，为了更快更多地发表他们的翻译和创作作品，刘呐鸥和戴望舒、施蛰存等人创办了《无轨列车》杂志，在刊登的广告中，明确的办刊方向是刊登"欧美日本各国现代的名著"，第一期发表的翻译作品是描写俄国革命的《大都会》，此后还陆续发表戴望舒的翻译作品，如《懒惰病》《新朋友们》《我有些小小的青花》等。但是好景不长，刊物很快就被查封。他们又办起了水沫书店。在1929和1930年短短的两年中，水沫书店除出版创作图书外，还出版了多部翻译作品集，其中就有戴望舒的《爱经》《唯物史观的文学论》等。戴望舒还在开明书店出版了翻译童话《鹅妈妈的故事》《天女玉丽》，在上海光华书局出版《屋卡珊和尼各莱特》。和徐霞村合译的西班牙作家阿左林的散文集《西万提斯的未婚妻》由上海神州国光行社出版。莎士比亚剧本《麦克倍斯》，由上海金马书店出版。除这些翻译作品集外，戴望舒还在许多杂志上发表翻译作品，如在《新文艺》上发表了高莱特的小说《紫恋》和阿左林的散文《修车人》等。一时间，戴望舒的翻译之名盖过了他的创作之名。

5

在从事大量的文学翻译时，戴望舒依然坚持文学创作，特别是在新诗方面。

1928 年夏天，戴望舒的新诗创作迎来爆发，写出了一批代表作，在 8 月 10 日出版的《小说月报》第 19 卷第 8 期上发表了著名的《雨巷》，同时发表的，还有《残花的泪》《静夜》《自家伤感》《夕阳下》和 *Fragments*。特别是《雨巷》，影响甚大，在青年人中传为美谈，连著名作家叶圣陶都称赞他是"替新诗底音节开了一个新纪元"。因为在当时，五四时期涌现出来的大批诗人，对于新诗的发展抱有失望的情绪，有的甚至搁笔，包括朱自清、俞平伯等实力派诗人，有的忙于新诗格律化的试验，所以，戴望舒的《雨巷》有点"横空出世"之感，因此他也被冠以"雨巷诗人"的名号。这首诗还隐藏了诗人一段凄美而遗憾的爱情，起因要从1927年9月说起，戴望舒因逃避国民党当局的抓捕，暂时居住在松江的施蛰存家。据《施蛰存先生编年事录》（沈建中编撰）记载，施蛰存共有四个妹妹，大妹施绛年，二妹施咏沂，三妹施灿衢，四妹施企襄。戴望舒和施蛰存是最要好的朋友，吃住在施家，必定熟悉施家的所有成员，年仅22岁的戴望舒，萌生了对施家大小姐施绛年的暗恋之情。在戴望舒失学之后的1928年春夏，长达半年多的时间里，戴望舒因为写作和筹办杂志，从上海多次来到松江的施蛰存家，在曾暂住过的那间小厢楼上从事文学活动，施蛰存曾有诗记之："小阁忽成捕逃薮，蛰居浑与世相应。笔耕墨染亦劳务，从今文学有工场。"戴望舒在数次往返中，不止一次地和施绛年邂逅于那条通往施家的古老小巷，也多次看过施绛年打着油纸伞的背影，于是，一首《雨巷》就从心中涌向笔端。《雨巷》之后，还有《我底记忆》《烦忧》《少女》等伤感的诗，无不袒露了戴望舒对施绛年的一片爱恋之情，特别是在1929年4月出版的诗集《我底记忆》(水沫书店出版),已经公开向施绛年示爱,在该诗集扉页上标有法语"A Jeann"字样,"A"是"致"的意思,"Jeann"是法国女孩的名字,读音和"绛年"相近,意为该诗集是"致绛年"的。据说,施绛年对于戴望舒的示爱一直无动于衷。苦闷中的戴望舒动了自杀的念头。但他的追求却得到施蛰存的支持。于是,在1931年的某天,戴望舒一手拿着安眠药,一手拿着求婚戒指向施绛年求婚,所幸(也许是不幸)这次求婚成功了。1931年10月1日出版的《新时代》上,有一篇《戴望舒与施蛰存之妹订婚》的文章,披露了这一信息。至此,戴望舒长达数年的追求总算有了结果。但是,追求现实主义的施绛年却给戴望舒出了一道难题,或是"缓兵之计"也未可知——她要求戴望舒赴法国留学,学成后完婚。就在戴望舒1932年10月远赴法国留学不久,施绛年已心有所属,爱上了邮政储金汇业局的同事周知礼。关于周知礼,据相关资料,他是江苏常熟人,1924年考入复旦大学商科,曾在邮政储金汇业局工作,和施绛年是同事,后又在上海北极冰箱公司工作。据1929年6月30日出版的《今代妇女》第9期发表的郑国懿和周知礼的结婚照片的说明文字显示,周知礼早就是已婚人士,照片说明曰:"郑女士为复旦大学预科毕业。周君系复旦大学商业学士。此次结合，实为复旦大学男女同学第一次之成绩也。"另据1935年《复旦同学会会刊》消息，二人已经"儿女成群也"。也就是说，当时施绛年爱上了一个有妇之夫。所以，在戴望舒留法期间和施绛年的通信中，戴望舒已经感受到施绛年的日渐冷淡，并从施蛰存的信中知道一切。情感受到重创的戴望舒，学业也受到了影响，1935年春，他被里昂中法大学开除。戴望舒只能于3月乘船回国，4月到达上海。这次法国求学之旅，爱情没有结出果实，学业也无所成。回国不久，在苦求无果的情况下，戴望舒和施绛年解除婚约。近八年的爱情以这样让人唏嘘的方式结束了，空留《雨巷》在人间。

再说1928年夏，戴望舒与施蛰存、冯雪峰、杜衡等志同道合的朋友决定创办《文学工场》杂志，并且已经编好了第1期和第2期。但是在出版印行方面，却遇到了阻力，光华书局老板认为该杂志内容"太左"，不敢印行，《文学工场》就此夭折。这年的9月，刘呐鸥在上海的四川北路和西宝兴路口创办第一线书店，编辑印行刊物《无轨列车》，邀请戴望舒和施蛰存参加，戴望舒在该刊先后发表了《路上的小语》《夜是》《断指》《对于天的怀乡病》等新诗。1929年9月，与施蛰存、刘呐鸥编辑《新文艺》文学月刊，至1930年4月出到第8期时被禁停刊。这一期间，戴望舒的一些新诗如《到我这里来》《祭日》《流水》《我们的小母亲》等和译诗及翻译小说都发表在《新文艺》上。1930年3月，经冯雪峰介绍，戴望舒和杜衡参加"左联"成立大会，成为"左联"第一批成员。1931年秋和施绛年订婚后，创作的新诗《村姑》《三顶礼》《二月》《我的恋人》《款步》《小病》等以《诗六首》的形式发表于《小说月报》第22卷第10号上。《北斗》杂志在同一月出版的第1卷第2期上也发表了戴望舒的新诗《昨晚》和《野宴》。1932年1月，淞沪战争爆发，施蛰存回松江中学任教，戴望舒回到杭州筹划出国事宜。到了这年的5月，施蛰存主编的文艺月刊《现代》在上海创刊，戴望舒回到上海，参与杂志的编辑，至这年10月赴法留学时止，戴望舒在《现代》杂志上发表的新诗有《过时》《印象》《前夜》《有赠》《游子谣》《夜行者》《微辞》等，多达十几首。

6

1932年10月8日，27岁的戴望舒因为要圆爱情梦而赴法求学，这是他人生的转折点，也是他创作的转折点。在法期间，除了上课，主要经历就是从事翻译工作。翻译的苏联作家伊万诺夫的长篇小说《铁甲车》由上海现代书局出版；翻译的《法兰西现代短篇集》由上海天马书店出版，该书收法国12位作家的12部短篇小说。此外，戴望舒还在1933年8月编辑出版了他的第二本新诗集《望舒草》，由杜衡作序，列入"现代创作丛书"，由上海现代书局出版，收新诗41首和《诗论零札》17条。1935年春，戴望舒从法国回国后，在上海继续从事出版、翻译和创作。抗日战争期间，上海沦陷，戴望舒举家前往香港，在香港多家报社从事编辑工作并翻译、创作文学作品。抗日战争胜利后，一度回到上海，在多所高校从事教学工作，后因遭人陷害，于1948年再次去香港。中华人民共和国成立前夕，戴望舒来到北京，先在华北军政大学第三部工作，后调入新闻总署，参加国际新闻局筹备工作，并担任法文科主任。1949年11月，因哮喘病恶化，入协和医院治疗。1950年2月28日，在两次手术后自己要求回家治疗，于当天因自注麻黄素时突发心脏病而去世，年仅45岁。

广陵书社出版的这套"走近戴望舒"文丛共分四册，《高龙芭》是翻译小说集，内收梅里美、都德、伊巴涅思等名家的中短篇小说；《要是你曾相待》是翻译诗歌，收果尔蒙、道生、洛尔迦、波特莱尔等诗人的诗歌;《夜莺》是散文集,收《夜莺》《巴黎的书摊》《都德的一个故居》《香港的旧书市》《航海日记》等散文;《雨巷》是诗集,收《雨巷》《夜坐》《生涯》《单恋者》等新诗。这些作品,基本上代表了戴望舒在翻译和创作上的主要成就。2025 年是戴望舒诞辰 120 周年,也是他逝世 75 周年。我们出版这套丛书,一方面是纪念这位在翻译和新诗创作方面有突出成就的著名作家,另一方面也是让广大读者重新认识他的翻译和创作。

2024 年 10 月 20 日于北京像素